À Gaby & Jasmine.
À Marguerite et à tous les curieux.

Remerciements
À François, à mes parents,
à Nancy pour ses couleurs,
à Alice Lemaire, bibliothèque centrale
du Muséum national d'histoire naturelle
pour sa précieuse collaboration,
et aussi à Thierry pour ce cadeau.
K. C.

À François Ruy-Vidal, le premier éditeur.
T. M.

Cet ouvrage a fait l'objet d'une première publication
aux éditions Harlin Quist en 1971.

Éditrices : Camille Deltombe et Angèle Cambournac
Directeur de création : Kamy Pakdel
Assistante éditoriale et maquette : Florie Briand
© Éditions Thierry Magnier, 2013
www.editions-thierry-magnier.com
ISBN 978-2-36474-335-9
Dépôt légal : novembre 2013
Loi n° 49-956 du 16 juillet 1949 sur les publications destinées à la jeunesse.
Achevé d'imprimer à l'école buissonnière par Pollina (France) en octobre 2013 - L66025A.
Photogravure : IGS-CP

MARGUERITE DURAS

AH ! ERNESTO

KATY COUPRIE

ÉDITIONS THIERRY MAGNIER

Ernesto va à l'école pour la première fois.

Il revient. Il va tout droit trouver sa maman et lui déclare :
– Je ne retournerai plus à l'école.
La maman s'arrête d'éplucher une pomme de terre.
Elle le regarde :
– Pourquoi ? demande-t-elle.
– Parce que !... dit Ernesto. À l'école on m'apprend
des choses que je ne sais pas.
– En voilà une autre ! dit la mère en reprenant
sa pomme de terre.

Lorsque le papa d'Ernesto rentre de son travail,
la maman le met au courant de la décision d'Ernesto.
– Tiens ! dit le père, c'est la meilleure !...

Le lendemain, le papa et la maman
d'Ernesto vont voir le maître d'école pour le mettre
au courant de la décision d'Ernesto.
Le maître ne se souvient pas particulièrement
d'un quelconque Ernesto.
– Un petit brun, décrit la mère. Sept ans, des lunettes…
fait pas grand bruit faut dire mais quand même !…
– Non, je ne vois pas d'Ernesto ! dit le maître
après réflexion.
– Personne le voit, dit le père ; n'a l'air de rien !
– Amenez-le-moi, conclut le maître.

Le surlendemain, le papa, la maman

et Ernesto se retrouvent devant le maître d'Ernesto.
Le maître regarde Ernesto :
– C'est vous Ernesto ? demande-t-il.
– Exact, dit Ernesto.
– En effet ! dit le maître, en effet !…
Je ne vous reconnais pas.
– Moi si, dit Ernesto.
La maman montre Ernesto et hausse les épaules :
– Vous voyez tout de suite le genre ! dit-elle.

Après quoi, chacun se tait…
Le maître réfléchit… le papa aussi.

La maman d'Ernesto et Ernesto, eux,

regardent le matériel scolaire : le pousse-pousse. Le train.
La rose. Le papillon. La terre…
… Le Président. Le Nègre. Le Chinois. L'Homme.
– Alors ? conclut encore le maître. On refuse de s'instruire ?…
– Exact, dit Ernesto.
– Et pourquoi ?… Oui, pourquoi, enfant Ernesto ?…
– Ç'a assez duré, dit Ernesto.
Le maître ne se contient plus. Il crie :
– L'instruction est obligatoire.
– Pas partout, dit Ernesto.
– On est ici, crie plus fortement le maître. On est ici.
On est ici et on n'est pas partout.
– Moi si, dit Ernesto.

Le maître pointe alors son doigt sur la photo du Président :
– Et lui alors ?… hurle le maître. Qui c'est, lui ?… Hein ?…
Ernesto regarde attentivement derrière ses lunettes
mais il se trompe et voit le Noir :
– C'est un bonhomme, dit-il.
– Et ça ?… supplie la mère en montrant le papillon orange et
bleu épinglé dans sa boîte vitrée, Ernestino, dis ce que c'est.
Au moins ça.
– Un crime, répond Ernesto. C'est un crime !

Le maître s'est levé. Il montre son matériel.

Il bout.

– Et ça ?... dit le maître en montrant le globe terrestre.
C'est un ballon de football ?... Une pomme de terre ?...

– C'est un ballon de football, une pomme de terre,
et la Terre, dit Ernesto.

Le maître s'assied, découragé.

La maman montre Ernesto. Il a sorti un chewing-gum
de sa poche :

– Un crétin ! soupire-t-elle... Mais oui, voilà ce que ce sera !...

– Non, dit tendrement Ernesto à sa maman.

Et il lui sourit :

– Faut pas t'en faire ! lui dit-il gentiment.

– Mais c'est triste ! dit la maman.

– Non, pas du tout, répond Ernesto.

– Tu crois, demande la mère.

– Sûr ! dit Ernesto.

– C'est vraiment étrange ! dit le maître en croisant ses bras.

Le maître, le papa et la maman regardent Ernesto.
– Qu'est-ce qu'on va devenir ?... demande la maman.
Sept !... On en a sept !...
Le maître se gratte la tête. Le père regarde ses pieds.
– C'est un cas unique ! soupire le maître. Heureusement !
– Tu vois, dit le père à sa femme, c'est toujours ça !
Le maître sourit. Perspicace, il vient d'avoir son idée :
– Donc, dit-il en marchant dans la classe les mains derrière le dos... Donc, nous nous trouvons devant un enfant qui ne veut apprendre que ce qu'il sait déjà !...
– C'est ça ! dit le père satisfait.
– Et j'en ai sept, monsieur l'instituteur. J'en ai sept et j'en ai marre, dit la mère.
Ernesto, imperturbable, mastique son chewing-gum.
Il a un air buté.
– Mais comment, continue le maître finaud, comment l'enfant Ernesto envisage-t-il d'apprendre ce qu'il sait déjà ?... Hein !...
– Tiens ! mais c'est vrai !... s'exclament admiratifs les parents.
Ernesto fronce les sourcils et riposte :
– En rachâchant.
– Qu'est-ce-que-c'est-que-ça ? demande le maître avec soupçon.
– Une nouvelle méthode, répond candidement Ernesto.
– Petit incholent ! dit le maître, je vais vous apprendre, moi...
– Je comprends rien, dit la maman. Et toi Emilio ?...
– Perdu le fil !... dit le papa.

Le maître se rapproche maintenant

d'Ernesto. Il s'est piqué au jeu :
– Et peut-on savoir ce que l'enfant Ernesto sait déjà ?...
– Rien, dit le papa consterné. Rien de rien ! N'avez qu'à le regarder !
– Puis, en plus du reste, dit la maman, l'est complètement miro ! et ça n'arrange rien !...
Le maître poursuit son raisonnement :
– J'ai posé une question il me semble : que savez-vous, enfant ?...
Ernesto, cette fois, ne se fait pas prier pour répondre :
– NON, je sais dire NON et c'est bien suffisant.
Le maître ne peut en supporter davantage. Il lève sa main. Mais la maman bondit :
– Y touchez pas ou je cogne, dit-elle avec feu.
Le père la retient. Ils se regardent désolés.
– Bon ! dit le maître. Bon, d'accord !...
Il revient s'asseoir derrière son bureau. Il sourit.
La maman sourit aussi. Le papa sourit.
Ernesto sourit à sa maman.
La maman sourit à Ernesto.

# Le maître, plus calmement, revient à la charge :

– Mais pourquoi, oui POURQUOI l'enfant Ernesto refuse-t-il d'apprendre ce qu'il ne sait pas ?… POURQUOI ?…
– Réponds Ernesto, dit le papa, réponds si t'as compris.
– POURQUOI ?… dit le maître dans un sursaut de rage.
– Parce que c'est pas la peine !… dit Ernesto.

– Au fond !… dit la maman en haussant les épaules.
– Au fond du fond !… reprend le papa d'un air penaud.
Le maître se relève et se retourne vers Ernesto :
– Alors comment l'enfant Ernesto saura-t-il lire ?… Et écrire ?… Et compter ?… Hein ?… Comment saura-t-il quoi que ce soit dans ces conditions ?…
– Je saurai, dit Ernesto.
– Oui mais comment ?… hurle le maître.
– Oh !… fait Ernesto. Par la force des choses !…
– Ah ! dit le maître. Vous dépassez les bornes, modérez vos expressions ou vous allez me braquer et je ne vais plus répondre de ma colère.
– Pouvez rien !… bâille Ernesto.
– Emilio, dit la maman, vont en venir aux mains. J'ai peur.
– Allons calmez-vous monsieur le maître, dit Ernesto.
– Oui, il vaut mieux !… reprend le maître.
– Ah ! mais c'est pas l'tout !… dit la maman. Moi j'en ai sept et j'en ai marre. Je veux savoir.
– Je rentre à la maison, dit Ernesto. Ça suffit !
Ernesto se lève. Il sort en mastiquant son chewing-gum.

– Alors ?... demande le père. Alors ?...
Maintenant qu'il est parti, qu'est-ce que vous en pensez ?
C'est un drôle d'oiseau, hein ?
Le maître se tait. Il semble suivre dans le ciel le vol
d'une cigogne. Ou d'une autruche. Il hausse les sourcils :
– C'est un cas imprévu et bien embarrassant !
– Oui mais à part ça ?... dit la maman. C'est bien beau tout
ça mais c'est notre enfant !...
– Qu'est-ce qu'on va en faire ? dit le papa.
– C'est-y vrai que ça saura lire un jour ?... demande
la maman.
– Lire et compter ?... dit le papa.
– Oui lire et compter ?... Et aller et venir ?... Conduire et
pas ?... Boire et manger ?... Travailler, travailler, travailler
encore ?... Se tromper et pas ?... Et tout leur machin et
leur saint-frusquin ?...
Le maître la regarde avec des yeux vides. Le papa d'Ernesto
est au garde-à-vous.
– Hélas ! dit le maître avec beaucoup d'emphase.
Hélas ! madame : OUI.